UN QUART D'HEURE AVANT SA MORT...

Paul Ferrier

Edition : Culturea (culurea.fr), 34 Hérault
Contact : infos@culturea.fr
Impression : BOD, Norderstedt (Allemagne)
ISBN : 9791041981205
Date de publication : juillet 2023
Mise en page et maquettage : https://reedsy.com/
Cet ouvrage a été composé avec la police Bauer Bodoni

Personnages :

- Alcide de PONTJARDIN, 30 ans
- MERLERANT, 50 ans
- BROUNDERBY, 45 ans

Le théâtre représente une chambre entièrement démeublée. une malle vide. ce qu'il faut pour écrire. dans la malle, un vieux pistolet du dix-neuvième siècle.

SCÈNE PREMIÈRE : PONTJARDIN, seul.

PONTJARDIN *(relisant une lettre qu'il vient d'écrire, à genoux devant sa malle)* : « Monsieur le commissaire de police, vous voudrez bien excuser le petit dérangement que je vais vous occasionner. Je m'en console cependant par la pensée que ça n'est pas pour lire votre journal, dans votre bureau, les pieds sur vos chenets, que vous recevez des appointements... dont j'ignore le chiffre. Le petit dérangement, d'ailleurs, vous sera allégé par cette circonstance, agréable, que, quand vous me retrouverez, vous serez tout de suite fixé sur les causes de mon décès, ce qui vous épargnera des recherches -souvent infructueuses- sur la question de savoir s'il y a eu suicide ou homicide. N'accusez personne de ma mort : c'est moi qui me la donne, n'ayant plus rien à m'offrir ici-bas. Il est midi moins un quart ; à midi ce sera fini. Le dernier des Pontjardin sera parti pour un monde, qui n'aura pas de peine à être meilleur que celui où je suis encore, monsieur le commissaire de police, votre respectueux administré, vicomte Alcide de Pontjardin » *(pliant la lettre, la mettant sous enveloppe, il écrit)* « À monsieur le commissaire du... de mon arrondissement. » Je n'ai jamais connu son numéro, à mon arrondissement, et ça n'est pas ça, du reste qui m'a manqué... *(il se lève)* Ce qui m'a manqué, c'est vingt-cinq mille livres de rentes ! vingt-cinq ! pas plus !... Il y a des gens qui demanderaient davantage... moi, j'en aurais fait assez : je me serais contenté de vingt-cinq mille francs par an !... J'avais même un budget tout fait... qui m'a servi depuis 1876... et encore a-t-il traversé l'Exposition !... Parce que je n'ai pas toujours été pauvre comme aujourd'hui. J'ai eu une toute petite fortune : soixante-quinze mille francs, nets et liquides, qui m'ont suffi pour trois ans ! J'ai pu même traîner un mois encore... un mois de supplément... sur le prix de vente de mon mobilier ! Et... c'est toujours comme ça quand on dérange ses petites combinaisons, j'ai mal fait mon compte...

C'était hier : j'ai eu Paille-de-riz à déjeuner... une écuyère de l'Hippodrome... Elle m'a demandé du raisin... du gibier... du Johannisberg et toutes sortes de friandises hors de prix. Comme c'était la dernière fois, je n'ai pas pu lui refuser... et alors, le soir, il me restait huit francs vingt-cinq... Je voulais dîner au Grand-Hôtel... je ne pouvais guère descendre plus bas, n'est-ce pas, comme prix fixe ! Alors, le prix du dîner mis à part, il me restait un joli petit franc... pas beaucoup pour ce que je voulais en faire ! Je sais bien que j'avais une ressource suprême : ne pas dîner et... m'en aller avant ! -mais je n'étais pas pressé de m'en aller... Ah ! non ! je ne suis pas pressé du tout, à preuve que j'ai dîné, bien dîné- que j'ai passé une bonne nuit, et que j'attends, seulement, midi -l'heure habituelle de mon déjeuner. Alors, me direz-vous, si un ami venait, qui vous invitât à déjeuner, vous remettriez votre... opération ?... Eh ! bien, non ! non !... On m'offrirait de me prêter... je ne dis pas cent sous, mais une somme... une vraie... je refuserais ! parce que... je ne suis pas pressé, non, mais quand on a arrangé ses petites combinaisons, il vaut mieux ne pas revenir dessus ! C'est arrangé maintenant ; j'attends midi -

D'abord, qu'est-ce que je ferais d'une vraie somme ? Ce serait... mille francs, je suppose ?... Il faudrait se livrer à des calculs... combien ça fait-il de jours, mille francs, sur le pied de vingt-cinq mille francs par an ?... Il faudrait diviser l'année en jours, diviser trois cent soixante-cinq par vingt-cinq... Ah ! non ! merci !... -Ça serait plus ? deux mille ? trois mille ? -Non ! je me suis arrangé pour partir aujourd'hui, à midi, je partirai ! Ah ! si cependant ! si ! vous pourriez me rendre un service... Si quelqu'un de vous avait, sur lui, un bon pistolet... de poche... ou d'arçon... ou de tir, peu importe, qui se chargerait par la culasse... ou autrement, ça m'est indifférent... il aurait six ou sept coups, même;.. Je m'engagerais à le rendre !... Il y a des gens -pas délicats- qui empruntent les choses, et qui ne les rendent pas ! je rendrais le pistolet !... j'ajouterais un post-scriptum à ma lettre... ma lettre à mon commissaire : "Prière de rendre la chose à M. X, qui a eu l'extrême obligeance..." Mais vous n'avez pas de pistolet, sur vous, ni de revolver ? non ? Je n'insiste pas... je ferai avec celui-ci ! *(il tire son pistolet de la malle)* Pas très engageant, hein ?... Dame, l'enfance de l'art ! de l'ar... quebuserie ! Mais vingt sous aussi ! Quand on n'a que vingt sous à mettre à l'acquisition d'un pistolet... heureux encore d'avoir rencontré cet ancêtre... à rouet... dans un lot de vieilles ferrailles, chez un Fouchtra, qui opère, quai de la Mégisserie !... Après ça, la batterie joue ! *(il la fait jouer)* Rassurez-vous, il n'a pas sa mèche ! Quand il aura sa mèche, il fonctionnera supérieurement... La voilà, sa mèche ! *(il la tire de sa poche)* J'ai raclé une bougie de l'étoile ! - Et puis il a du style... j'ignore lequel, ne m'étant jamais occupé de... panoplies ! mais sûrement c'est du pur... du pur quoi ? ça vous est égal... et à moi donc !... Alors quand midi sonnera, je m'appliquerai cette... couleuvrine sur l'estomac, côté du cœur, je dirai un nom : Adélaïde... Adélaïde !... Eh ! bien, quoi ?... Ça ne vous apprendrait qu'un nom de baptême ! Et puis je ne vois pas pourquoi je vous ferais des cachotteries, au point où j'en suis !... nous avons encore cinq minutes à passer ensemble... c'est tout ce qu'il faut pour vous raconter mon petit roman !... Quand je dis un roman, à peine est-ce une nouvelle... et encore pas bien intéressante pour d'autres que pour moi, car je ne sais pas qui ça intéresserait, d'apprendre que j'aime mademoiselle Adélaïde Merlerant, fille unique d'un...

cotonnier, qui a fait, dans la bonneterie, une fortune gigantesque... amour partagé, si j'en crois certaines œillades dont mademoiselle Adélaïde me fit l'aumône, durant une saison que nous avons passée à Vichy, dans le même hôtel, au mois de juillet dernier, et loin de son père... dont je ne connais que les prétentions, qui sont telles, que je n'ai jamais pensé même à lui demander la main de son opulente héritière... Tout cela n'intéresserait personne ! seulement, quand je dirai le nom d'Adélaïde, en m'appliquant la chose sur l'estomac, ceux qui sont initiés comprendront... Eh ! mais, voici bientôt le moment... le temps d'ajuster la mèche... *(il commence à ajuster la mèche. On frappe à la porte)* Un indiscret ! cachons ces préparatifs funèbres !

Il cache son pistolet derrière son dos.

SCÈNE 2 : PONTJARDIN, MERLERANT.

MERLERANT *(entrant discrètement)* : Pardon, monsieur, je vous dérange.

PONTJARDIN : Un peu, oui.

MERLERANT : Je vous prie d'agréer mes excuses.

PONTJARDIN : Je les agrée.

MERLERANT : Mais je désirerais vous entretenir un instant.

PONTJARDIN : Un instant très bref ?

MERLERANT : Deux minutes.

PONTJARDIN : Nous les avons.

MERLERANT : Peut-être est-ce l'heure de votre déjeuner ?

PONTJARDIN : Justement ! midi, midi précis !

MERLERANT : C'est aussi mon heure.

PONTJARDIN : Alors vous serez en retard.

MERLERANT : Oui... quoique je demeure très près d'ici... Mais il est telles circonstance où l'on reste sourd aux sollicitations de la bête ! - Vous n'êtes pas collectionneur, monsieur ?

PONTJARDIN : Non, monsieur.

MERLERANT : Oh ! monsieur ! mon compliment !

PONTJARDIN : Vous l'êtes... Je le devine à ce cri du cœur !

MERLERANT : Je le suis ! c'est une manie...

PONTJARDIN : ...Ruineuse.

MERLERANT : Peuh ! Ruineuse serait son moindre défaut, pour un collectionneur, qui jouit, comme moi, d'une fortune considérable.

PONTJARDIN *(avec élan)* : Vingt-cinq mille livres de rentes, peut-être ?

MERLERANT : Plusieurs fois, monsieur, plusieurs fois, et qu'est-ce que c'est que vingt-cinq milles de rentes ?

PONTJARDIN : Mais c'est... c'eût été le maximum de mon ambition ! Je trouve même que ce n'est pas le comble du tact, que de venir faire étalage de votre fortune, devant un concitoyen aussi... succinctement meublé !

MERLERANT : Oh ! monsieur !... ma confusion... mes excuses... Je vous ai fâché ?

PONTJARDIN : Non ! Je suis à une heure de l'existence où l'on voit de haut !

MERLERANT : Allons, tant mieux !

PONTJARDIN : Mais comme cette heure est... comptée, je vous prierai d'abréger.

MERLERANT : J'abrège. - Vous n'êtes pas collectionneur...

PONTJARDIN : Ça recommence ?

MERLERANT : Non ! Je continue : et c'est heureux pour moi, parce qu'ainsi je crois que nous pourrons nous entendre.

PONTJARDIN *(regardant autour de lui)* : Est-ce que j'aurais à mon insu quelque chose qui vous fît envie ?

MERLERANT : Précisément.

PONTJARDIN : Vous collectionnez des malles ?

MERLERANT : Non. J'aurais pu... mais ça ne s'est pas trouvé !

PONTJARDIN : J'y suis. *(montrant son pistolet)* Des pistolets !

MERLERANT : Vous y êtes !

PONTJARDIN : Je me disais aussi. Je n'ai qu'une malle... vide, et un pistolet... chargé !

MERLERANT : Il est chargé ?

PONTJARDIN : Oui.

MERLERANT *(rayonnant)* : Une charge du temps.

PONTJARDIN : Ah ! non ! pas du temps !... Je n'aurais pas eu confiance.

MERLERANT *(désappointé)* : Tant pis ! Mais vous êtes pressé... Je le suis aussi, c'est une affaire qui peut se bâcler : tenez-vous beaucoup à ce pistolet ?

PONTJARDIN : Si j'y tiens ?... plus qu'à ma vie ; ça ne veut pas dire autant que vous croyez, mais...

MERLERANT : Mais vous le donneriez pour cent francs.

PONTJARDIN : Ça ?

MERLERANT : Ça, oui !... le chiffre vous surprend... il n'y a qu'un collectionneur pour offrir cinq louis d'un pistolet...

PONTJARDIN : ...Aussi dégradé.

MERLERANT : ...Plus dégradé que je ne croyais.

Il va pour le prendre.

PONTJARDIN : Touchez pas, il est chargé !

MERLERANT : Oui, mais il n'y a pas la mèche.

PONTJARDIN : Je l'ai là, la mèche.

MERLERANT *(rayonnant)* : Une mèche du temps ?

PONTJARDIN : Ah non, pas du temps, j'ai raclé une bougie de l'étoile.

MERLERANT : Tant pis !... *(il examine le pistolet)* Mais, mon cher monsieur, voilà un pistolet qui ne partira pas.

PONTJARDIN : Vous dites ?

MERLERANT : Les dents de la roue sont usées par le frottement, et la percussion manquera de vigueur... Essayez plutôt !

Il vise en l'air.

PONTJARDIN : Doucement, pas de prodigalité !... N'usez pas ma poudre aux moineaux !

MERLERANT : Puisqu'il ne partirait pas.

PONTJARDIN : Vous me le jureriez ?

MERLERANT : Sur la tête de ma femme.

PONTJARDIN : J'aimerais mieux autre chose...

MERLERANT : ...De plus sacré ?... sur la tête de ma fille !

PONTJARDIN *(s'affaissant sur sa malle)* : Eh ! bien, me voilà bien ! je suis bien !

MERLERANT : Qu'est-ce qui vous prend ?

PONTJARDIN : Volé !... Je suis volé !... Le Fouchtra m'a refait.

MERLERANT : Combien donc est-ce qu'il vous l'a vendu, ce Marcailhou de malheur ?

PONTJARDIN : Vingt sous !

MERLERANT : Vingt sous ?

PONTJARDIN : Ça n'est pas exorbitant si vous voulez... mais que ferai-je aussi d'un pistolet qui ne part pas ?

MERLERANT : Vous avez besoin d'un pistolet ?

PONTJARDIN : ...Qui parte, oui ! - Mais j'y songe... vous qui les collectionnez... si vous aviez un, par hasard, dans votre poche?...

MERLERANT : De quel siècle ?

PONTJARDIN : Oh ! du dix-neuvième siècle ! J'aimerais mieux. La fabrication a fait des progrès !

MERLERANT : J'aime mieux aussi.

PONTJARDIN : Vous auriez l'objet ?

MERLERANT : Pas sur moi... mais chez moi... à quatre pas d'ici... dans ma collection ! J'ai un double !

PONTJARDIN : Qui part ?

MERLERANT : À double détente !... un joli petit pistolet d'amateur.

PONTJARDIN : Oh ! Il ne serait pas joli, joli, pourvu qu'il parte !

MERLERANT : Il partira !... Le temps d'aller chez moi... de le charger... de l'amorcer... vous ne perdrez pas au change !... *(à part, en sortant)* Ni moi non plus !

SCÈNE 3 : PONTJARDIN, puis BROUNDERBY.

PONTJARDIN *(seul)* : Eh ! bien, voilà ce que j'appellerai un heureux hasard ; sans ce collectionneur inattendu, je me demande comment j'aurais fait pour me détruire ?... Il me restait la ressource des ponts ; mais c'est bizarre, j'ai de la répugnance pour ces sortes de décès. D'abord les quais sont couverts, le jour, d'une multitude d'indiscrets, qui se font un malin plaisir de vous déranger. Il y a toujours des oisifs pour plonger après vous et vous ramener sur la berge... où un agent de l'autorité, mû d'ailleurs par les meilleures intentions, abuse de votre état de faiblesse pour vous arracher le serment que vous ne recommencerez plus ! Ça fait des histoires... des complications... des rassemblements ! J'aime mieux le double du monsieur, le joli petit pistolet d'amateur. - Tiens ! j'aurais dû lui demander d'où il savait que celui-ci fût en ma possession ? C'est vrai qu'un quart d'heure avant notre mort, nous devenons indifférents à toutes ces petites curiosités mesquines !... L'intérêt pour moi c'est que mon pistolet avait une valeur pour les collectionneurs... ce qui prouve que les collectionneurs ont du bon quelquefois...

Il considère son pistolet sans voir entrer Brounderby.

BROUNDERBY *(accent anglais, flegme britannique)* : Combien ?

PONTJARDIN : Quoi ?

BROUNDERBY : Le pistolet.

PONTJARDIN *(à lui-même)* : Un second amateur !... Voilà des coïncidences qu'on ne rencontre que dans la vie réelle !

BROUNDERBY : Combien ?

PONTJARDIN : Il est vendu.

BROUNDERBY : Ça m'est égal : je rachèterai.

PONTJARDIN *(au public)* : À la bonne heure. Celui-ci ne s'égare pas dans des réflexions aussi inutiles que... déplacées ! Parlez-moi des Anglais pour faire les affaires !

BROUNDERBY : Combien ?

PONTJARDIN *(élevant la voix)* : Il est vendu.

BROUNDERBY : Ça m'est égal : je rachèterai.

PONTJARDIN : Encore ! Soyons plus explicite : je l'ai cédé à un amateur dont j'attends le retour.

BROUNDERBY : Combien ?

PONTJARDIN : Combien je l'ai cédé ?

BROUNDERBY : Yes.

PONTJARDIN : Vous voudriez m'offrir un bénéfice.

BROUNDERBY : Yes.

PONTJARDIN : Oh ! bien, je n'y tiens pas, je ne suis pas brocanteur, j'avais besoin d'un pistolet...

BROUNDERBY : Comment ?

PONTJARDIN : N'importe comment, pourvu qu'il partit.

BROUNDERBY : Je dis : de quel siècle ?

PONTJARDIN : Du dix-neuvième siècle !... La fabrication a fait des progrès.

BROUNDERBY : C'est facile.

PONTJARDIN : Vous en auriez un sur vous ?

BROUNDERBY : Non, je le regrette.

PONTJARDIN : Moi aussi, parce que je vous aurais donné la préférence ; mon acheteur ne revient pas et je vous aurais donné la préférence.

BROUNDERBY : Voulez-vous un revolver ?

PONTJARDIN : Un revolver m'irait assez. Il y a plusieurs coups !

BROUNDERBY : Sept !... Je vais prendre un cab, et vous le chercher.

PONTJARDIN : Chez vous ?

BROUNDERBY : Au Grand-Hôtel. C'est dix minutes.

PONTJARDIN : Dans dix minutes, l'autre sera de retour avec son pistolet.

BROUNDERBY : Pas un revolver.

PONTJARDIN : Non ! mais un pistolet joli, joli...

BROUNDERBY : Je vous offre mieux.

PONTJARDIN : Sept coups.

BROUNDERBY : Et une arme de prix... montée en vermeil.

PONTJARDIN : En vermeil, ça me tenterait, mais dix minutes...

BROUNDERBY : vous êtes donc bien pressé ?

PONTJARDIN : Mon Dieu, oui. Je peux vous dire çà à vous ; vous êtes Anglais, et vous pratiquez le respect... illimité de la liberté individuelle...

BROUNDERBY : Vous voulez vous tuer.

PONTJARDIN : Vous l'avez dit. Je suis las des amertumes de cette vie, et je prends mon ticket pour l'autre.

BROUNDERBY : Pourquoi vous ne vous servez pas de ce pistolet ?

PONTJARDIN : Pourquoi ?... L'amateur m'a dit qu'il ne partirait pas.

BROUNDERBY *(examinant le pistolet)* : Il partirait.

PONTJARDIN : Comment ? La dentition de la roue ?...

BROUNDERBY : Excellente.

PONTJARDIN : Vous êtes connaisseur ?

BROUNDERBY : Yes.

PONTJARDIN : Mais alors, le collectionneur...

BROUNDERBY : Le rival...

PONTJARDIN : Indélicat ! il m'assurait qu'il ne partirait pas pour me décider à l'échange !... C'est un profond scélérat, et je vous donne la préférence.

BROUNDERBY : Very well.

PONTJARDIN : Ce pistolet est à vous !

BROUNDERBY : Combien ?

PONTJARDIN : Mais rien du tout, c'est un présent ! Je vous demanderai seulement la permission de m'en servir une dernière fois !

BROUNDERBY : All right.

PONTJARDIN : Même j'y songe... pour que vous soyez en règle après... après moi...

BROUNDERBY : Un petit papier.

PONTJARDIN : Mon testament : *(il écrit)* « Je soussigné, sain de corps et d'esprit, lègue à... monsieur ?... »

BROUNDERBY : Brounderby, de la maison Tussaud and Co.

PONTJARDIN : Brounderby de la maison Tussaud... de Londres... la fameuse maison Tussaud ?...

BROUNDERBY : Le musée historique des figures de cire.

PONTJARDIN : Je sais : *(il écrit)* « Brounderby, le pistolet ci-joint... » je signe et je date ! vous voilà tranquille.

BROUNDERBY : Thank you.

PONTJARDIN : Et maintenant, le temps d'ajuster la mèche...

BROUNDERBY : J'attendrai.

PONTJARDIN *(très aimable, lui montrant la malle)* : Mais prenez donc la peine de vous asseoir, mon cher monsieur Brounderby.

BROUNDERBY *(s'asseyant)* : Thank you.

PONTJARDIN *(ajustant la mèche)* : Je n'abuserai pas de votre patience.

BROUNDERBY : À propos !... Une politesse en vaut une autre...

PONTJARDIN : Vous êtes bien bon, mais voyez-vous en ce moment...

BROUNDERBY : Si. La maison fait les affaires loyalement. Vous n'avez pas d'héritier !

PONTJARDIN : Je n'en ai pas. Je ne laisse ni un héritier, ni un radis.

BROUNDERBY : Oh ! alors, votre convoi...

PONTJARDIN : Le convoi du pauvre.

BROUNDERBY : Very well ! enchanté ! vous me permettrez d'en faire les frais.

PONTJARDIN : Quoi ? Vraiment ? Généreux insulaire...

BROUNDERBY *(prenant un carnet dans sa poche)* : Quelle classe ?

PONTJARDIN *(revenant à lui, avec son pistolet armé)* : Vous me comblez !... Je m'en rapporte à votre générosité !

Il se vise la poitrine.

BROUNDERBY : Vous tirez là ?

PONTJARDIN : Au cœur ! pour ne pas me défigurer !... ne regardez pas !

BROUNDERBY : Oh ! ça ne fait rien.

PONTJARDIN : Mais... le spectacle...

BROUNDERBY : Précisément !... je n'ai jamais vu... ça m'intéressera !

PONTJARDIN : Alors regardez !

BROUNDERBY *(il se lève)* : Voulez-vous asseoir, vous serez mieux.

PONTJARDIN *(s'asseyant sur la malle)* : Merci ! y êtes-vous ?

BROUNDERBY *(regardant attentivement)* : Yes.

SCÈNE 4 : Les mêmes, MERLERANT.

MERLERANT *(accourant)* : Arrêtez !

PONTJARDIN : Ah vous voilà, vous ?

MERLERANT : J'arrive à temps. Qu'alliez-vous faire ?

PONTJARDIN : Vous ne prétendez pas m'empêcher ?...

MERLERANT : Au contraire. Je prétends. *(à Brounderby)* Et vous, monsieur, vous restez impassible ?...

BROUNDERBY : Moi, j'ai l'habitude de ne pas me mêler de ce qui ne me regarde pas.

PONTJARDIN : Une leçon de tact que monsieur vous donne !

MERLERANT : Mais, jeune homme...

PONTJARDIN : Mais, homme d'âge je ne vous connais pas !... ou plutôt, je vous connais... et je vous méprise, car vous avez essayé de me mettre dedans !

MERLERANT : Moi ! *(tirant un petit pistolet de sa poche)* Je vous apportais un si joli petit pistolet !... un amour de petit pistolet !...

BROUNDERBY *(l'examinant)* : Ça... fabrication de Saint-Etienne, ça vaut trente francs !

MERLERANT : Eh ! bien ?

PONTJARDIN : Eh ! bien, monsieur, lui, m'offre un convoi de... quelle classe ?

BROUNDERBY : La quatrième vous suffit.

PONTJARDIN : Va pour la quatrième !... c'est un prix ça !

MERLERANT *(inquiet)* : Monsieur est donc amateur ?

PONTJARDIN : Monsieur est amateur !... et de plus monsieur est discret... monsieur me laisse faire.

MERLERANT : Mais c'est abominable ! et vous voudriez que j'assistasse de sang-froid...

PONTJARDIN : Qui voudrait que vous assistassiez ? Est-ce que je vous ai invité ?

MERLERANT : Non !... c'est le hasard !... un hasard providentiel... car je suis là, et je ne souffrirai pas que mon prochain... sous mes yeux... d'un coup de pistolet...

BROUNDERBY : Quelle singulière nation ! Qu'est-ce que ça vous fait, puisque vous ne connaissez pas monsieur ?

PONTJARDIN : Oui ! vous ne me connaissez pas ! et puis je vais vous coller !

MERLERANT : Comment ?

PONTJARDIN : Vous allez voir. Qui est-ce qui a dit que mon pistolet ne partirait pas ?

MERLERANT : C'est moi !

PONTJARDIN : Eh ! bien, de deux choses l'une : ou il partira, et vous n'étiez qu'un misérable imposteur...

MERLERANT : Il ne partira pas.

PONTJARDIN : Alors que craignez-vous, homme trop charitable.

MERLERANT : Ce que je crains ? Je ne sais pas ce que je crains, vrai, car il ne partira pas.

BROUNDERBY : Il partira.

MERLERANT : Je vous dis que non.

BROUNDERBY : Je vous dis que si.

MERLERANT : Je n'y connais !

BROUNDERBY : Voulez-vous parier ?

MERLERANT *(indigné)* : Oh !

BROUNDERBY : Cinquante livres qu'il partira.

PONTJARDIN *(se visant)* : Nous allons bien voir !

MERLERANT *(l'arrêtant)* : Arrêtez !

PONTJARDIN : Oh ! mais laissez-moi tranquille !

BROUNDERBY *(prenant Merlerant par le bras)* : Yes, laissez monsieur tranquille !

PONTJARDIN : C'est ça, mon cher Brounderby, tenez-le !

BROUNDERBY : Je le tiens, allez !

MERLERANT : N'allez pas, ou je crie !

BROUNDERBY : Ça ne fait rien, vous serez mort avant qu'on n'arrive.

MERLERANT *(se débattant)* : Lâchez-moi, vous !

BROUNDERBY *(à Pontjardin)* : Feu, vous !... *(Pontjardin se vise)* Attendez !... c'est pour savoir si le pari tient ?

MERLERANT : Un pari sauvage ?... Non !

BROUNDERBY : Alors, feu !

MERLERANT *(criant)* : Au secours !

PONTJARDIN *(il tire, le pistolet rate)* : Raté !

MERLERANT *(avec joie)* : Raté !

BROUNDERBY *(le lâchant)* : Raté ! *(à Merlerant)* Vous avez eu tort de ne pas parier.

PONTJARDIN : Raté ! *(à Merlerant)* Vous ne vous voulez pas échanger nos pistolets ?

MERLERANT : Non !

PONTJARDIN : En ce cas, mon cher Brounderby, j'attendrai dix minutes, j'attendrai votre revolver...

BROUNDERBY : ...Monté en vermeil !... Je vais sauter dans un cab...

MERLERANT *(l'arrêtant)* : Un moment !

BROUNDERBY : Ah ! bien, non, les affaires sont les affaires... monsieur m'a promis son pistolet... j'ai promis mon revolver à monsieur... je vais sauter dans mon cab...

MERLERANT : Pardon, pardon, je suis le premier en date !

PONTJARDIN : Vous êtes le premier, mais vous faites des manières !... je m'exécute bien, moi !

MERLERANT : Et c'est ce que je ne veux pas, sapristi ! que vous vous exécutiez. Voyons, finissons-en !... Voulez-vous dix louis de votre pistolet ?

BROUNDERBY *(riant d'un air de défi)* : Oh ! oh !

MERLERANT : Vingt ?

BROUNDERBY *(même jeu)* : Oh ! oh !

MERLERANT : Vingt-cinq ?

BROUNDERBY : Oh ! oh !

MERLERANT : Cinquante ?

PONTJARDIN : Eh ! bien, non, je ne veux pas d'argent ; je veux un pistolet !

BROUNDERBY : Je vais sauter dans mon cab...

MERLERANT : Attendez donc, j'irais jusqu'à cent louis !

BROUNDERBY : Des enchères ?

MERLERANT : Des enchères ! je suis entêté comme un mulet !

BROUNDERBY : Moi aussi.

MERLERANT : J'ai des millions !

BROUNDERBY : Moi aussi.

MERLERANT : C'est une rivalité de collections !

BROUNDERBY : Un steeple-chase d'amateurs !

MERLERANT : Et un antagonisme de nationalités !

BROUNDERBY : J'aurai ce pistolet.

MERLERANT : C'est ce que nous verrons.

PONTJARDIN *(s'interposant)* : Messieurs, messieurs...

BROUNDERBY *(le repoussant)* : Vous, restez tranquille !

MERLERANT *(même jeu)* : Et allez vous asseoir ! J'ai dit deux mille francs !

BROUNDERBY : Trois mille !

MERLERANT : Quatre !

BROUNDERBY : Cinq !

MERLERANT : Dix !

PONTJARDIN : Messieurs !

BROUNDERBY : Rien !... -Quinze !

MERLERANT : Vingt !

BROUNDERBY : Trente !

MERLERANT : Quarante !

BROUNDERBY : Cinquante !

PONTJARDIN : Mais, saperlipopette, voulez-vous m'écouter ? je ne veux pas d'argent.

BROUNDERBY : Vous ne voulez pas cinquante mille francs...

MERLERANT : ...D'un vieux pistolet...

BROUNDERBY : ...Qui ne part pas ?...

PONTJARDIN : Un vieux pistolet, possible, mais qui a une valeur...

MERLERANT : ...Pour un amateur comme moi !

BROUNDERBY : ...Ou pour un musée comme le nôtre.

MERLERANT : Cinquante mille francs, c'est une somme...

PONTJARDIN : ...Pour un bourgeois... un petit bourgeois, qui placerait sa petite somme... en petites rentes !... Mais moi j'ai mes idées sur la fortune... j'ai eu un budget... et je ne veux pas changer ça à mes combinaisons.

MERLERANT : Eh ! bien, dites votre prix ?

PONTJARDIN : Vous ne me le donneriez pas.

BROUNDERBY : Dites tout de même !

MERLERANT : Soixante mille francs ?

BROUNDERBY : Soixante-dix ?

MERLERANT : Quatre-vingt ?

BROUNDERBY : Cent ?

PONTJARDIN : Ouf ! vous allez me donner des tentations... ! Et comme c'est désagréable !... Quand on est résolu... quand on n'a pas déjeuné... quand on a écrit au commissaire de police...

MERLERANT : Vous avez écrit ?

PONTJARDIN : Oui, mais ma lettre a fait comme mon pistolet, elle n'est pas partie !... et je meurs de faim... ce qui n'est pas la forme de suicide que j'avais choisie... et vous commencez à m'ennuyer tous les deux... avec vos offres affriolantes qui me plongent dans des perplexités bêtes, car, après tout, cent mille francs...

BROUNDERBY : C'est mon prix !

MERLERANT : Cent cinq !

BROUNDERBY : Cent dix !

MERLERANT : Cent quinze !

BROUNDERBY : Cent vingt !

MERLERANT : Cent vingt-cinq !

BROUNDERBY : Cent cinquante !

MERLERANT : Deux cent !

PONTJARDIN : Assez, assez, je demande à réfléchir... deux cent mille francs, un pistolet hors d'usage... Mais qu'est-ce qu'il a donc, mon pistolet, pour valoir deux cent mille francs ?...

MERLERANT : Pour un amateur comme moi !

BROUNDERBY : Ou pour un musée comme le nôtre !

PONTJARDIN : Il a du style ?

MERLERANT : Le plus pur.

PONTJARDIN : Il est du... ?

BROUNDERBY : XIXe siècle.

PONTJARDIN : Et après ?

MERLERANT : Après ? tenez ! jouons cartes sur table ! Regardez la date sur la batterie !

PONTJARDIN *(regardant)* : 1560.

BROUNDERBY : Le nom de l'arquebusier.

PONTJARDIN *(même jeu)* : Philippe-Hardy-Angoulême.

MERLERANT : L'écusson sur la contre-batterie !

PONTJARDIN : Trois poutres debout, sur champ d'outre-mer.

BROUNDERBY : Les initiales sur la gâche.

PONTJARDIN : J.P.M.

MERLERANT : Tout ça ne vous explique pas ?

PONTJARDIN : J.P.M. ?... Paris, Lyon, Méditerranée !

BROUNDERBY : Non.

MERLERANT : Rappelez-vous !... 1563 ? le siège d'Orléans ?...

PONTJARDIN : Jeanne d'Arc ?

MERLERANT *(haussant les épaules)* : En 1563 !

BROUNDERBY : Si vous connaissiez le musée Tussaud et compagnie, vous auriez vu un groupe de cavaliers, dont l'un, monté sur un cheval blanc, et entouré de ligueurs chancelle sous un coup de pistolet que lui tire un huguenot, monté sur un cheval alezan.

PONTJARDIN : J'y suis !... c'est le pistolet authentique...

MERLERANT : ...Avec lequel Jean Poltrot de Méré, gentilhomme de l'Angoumois, assassina, en 1563, le duc de Guise assiégeant Orléans !

PONTJARDIN : Et vous êtes certain ?

BROUNDERBY : 1560.

MERLERANT : Philippe-Hardy !

BROUNDERBY : Angoulême.

MERLERANT : Trois poutres... poltre... Poltrot.

BROUNDERBY : ...Sur champ d'outre-mer... mer... Méré.

MERLERANT : J.P.M. Jean Poltrot de Méré !

PONTJARDIN : Oh ! l'histoire ! est-ce beau, l'histoire !

BROUNDERBY : Deux cent mille francs.

MERLERANT : Pardon, c'est mon prix !

BROUNDERBY : Eh ! bien, deux cent cinquante !

PONTJARDIN : Sapristi, nous brûlons !

MERLERANT : Trois cent !

PONTJARDIN : Monsieur brûle !

MERLERANT : Une observation ! à prix égal, je solliciterai la préférence !

BROUNDERBY : Pourquoi ça ?

MERLERANT : Comme français ! j'en appelle au patriotisme de monsieur !

PONTJARDIN : L'observation me touche !

MERLERANT : De plus... car j'espère que nos relations n'en resteraient pas là, s'il plaisait à monsieur de revoir quelquefois son pistolet...

BROUNDERBY : ...Monsieur, chez nous, aurait l'occasion de voir London.

MERLERANT : Chez moi, monsieur n'aurait que quelques pas à faire... voici ma carte.

Il lui remet sa carte.

PONTJARDIN : L'observation me touche encore ! *(il regarde la carte)* Oh ! oh ! oh !

MERLERANT : Quoi ?

BROUNDERBY : Cette émotion ?

MERLERANT : Cette joie ?

PONTJARDIN *(lisant)* : "Stanislas Merlerant !" Vous êtes Merlerant ?

MERLERANT : Stanislas.

PONTJARDIN : Vous avez une fille ?

MERLERANT : Adélaïde.

PONTJARDIN : Dix-huit à vingt ans ?

MERLERANT : Dix-neuf.

PONTJARDIN : Elle était à Vichy, l'été dernier ?

MERLERANT : Avec sa tante.

BROUNDERBY : Tout ça nous détourne !...

PONTJARDIN : Au contraire, tout ça nous ramène. *(à Merlerant)* Vous avez dit trois cent mille francs !

MERLERANT : C'est salé !

PONTJARDIN *(à Brounderby)* : Et vous ?

BROUNDERBY : Trois cent cinquante !

MERLERANT : Trois cent soixante-quinze !

BROUNDERBY : Quatre cent mille !

PONTJARDIN : Une minute ! *(à Merlerant)* Quelle dot donnez-vous à votre fille ?

MERLERANT : Cinq cent mille.

PONTJARDIN : La valeur de mon pistolet !

MERLERANT *(désignant Brounderby)* : Monsieur n'irait pas jusque-là ?

BROUNDERBY : J'attends vos enchères !

PONTJARDIN : Eh ! bien, monsieur Merlerant, je me nomme le vicomte Alcide de Pontjardin, j'aime mademoiselle Adélaïde, et je ne m'illusionne pas en avançant que je ne lui suis pas indifférent ! Accordez-moi sa main, et mon pistolet est à vous !

MERLERANT : Mais...

BROUNDERBY : Il hésite !... Monsieur le vicomte...

PONTJARDIN : Vous avez une fille aussi ?

BROUNDERBY : J'ai une nièce ! Voulez-vous ma nièce, et cinq cent mille francs ?

MERLERANT : Je demande la préférence !

PONTJARDIN : Vous l'avez !

MERLERANT : Mais vous croyez que ma fille consentira ?

PONTJARDIN : Puisque nous nous aimons !

MERLERANT : Et vous renoncerez à vos projets de suicide ?

PONTJARDIN : Puisque vous me faites vingt-cinq mille francs de rente.

MERLERANT : C'est vrai !... *(regardant à sa montre)* Midi et quart, venez vous déjeuner avec nous, mon gendre ?

PONTJARDIN : J'allais vous l'offrir, beau-père !

Il lui prend le bras.

MERLERANT : Mais dites donc, après tout, je fais une bonne affaire !

PONTJARDIN : Dame ! pour le même prix, vous avez un gendre...

MERLERANT : ...Et un pistolet !

PONTJARDIN *(à Brounderby)* : Vous, mon cher Brounderby, sans rancune ?...

BROUNDERBY : Oh ! non. *(à part, tirant de sa poche le papier de la scène troisième)* Je garde le testament... il mourra... tôt ou tard !

FIN